KB147754

감나무 맹자

황금알 시인선 118

감나무 맹자

초판발행일 | 2015년 12월 24일

지은이 | 이월춘
펴낸곳 | 도서출판 황금알
펴낸이 | 金永馥
선정위원 | 김영승 · 마종기 · 유안진 · 이수익
주 간 | 김영탁
편집실장 | 조경숙
표지디자인 | 칼라박스
주소 | 03088 서울시 종로구 이화장2길 29-3, 104호(동숭동, 청기와빌라2차)
물류센타(직송 · 반품) | 100-272 서울시 중구 필동2가 124-6 1F
전 화 | 02)2275-9171
팩 스 | 02)2275-9172
이메일 | tibet21@hanmail.net
홈페이지 | http://goldegg21.com
출판등록 | 2003년 03월 26일(제300-2003-230호)

값은 뒤표지에 있습니다.

ISBN 979-11-86547-19-9-03810

*이 시집은 경남문화예술진흥원으로부터 제작비의 일부를 지원받았습니다.
*이 도서의 국립중앙도서관 출판예정도서목록(CIP)은 서지정보유통지원시스템 홈페이지(http://seoji.nl.go.kr)와 국가자료공동목록시스템(http://www.nl.go.kr/kolisnet)에서 이용하실 수 있습니다.(CIP제어번호: CIP2015031657)

감나무 맹자

이월춘 시집

황금알

| 시인의 말 |

아직도 나는 시를 기피하지 못합니다.

삶은 수시로 나를 배반하고 아프게 합니다.

어쩔 수 없습니다.

삶의 지게에 시의 나뭇단을 지고

달이 지고 별이 뜨는 저 언덕까지

사부작사부작 걸어가겠습니다.

우리나라 사천삼백사십팔년 가을

진해바다와 함께 이월춘

차 례

1부 공존의 그늘

2부 감나무 맹자

3부 물굽이에 차를 세우고

4부 숟가락의 무게

1부

공존의 그늘

고도

빨간 피터의 고백으로 한때를 풍미했던
경상도 꼬마 혹은 조물주의 실패작
연극배우 추송웅을 아시는가

아직도 고도는 오지 않았다
사무엘 베케트가 죽은 지 서른 해가 지났는데
임영웅이 마흔다섯 해를 기다렸다는데
아직도 오지 않는 고도를 믿고
그대와 나는 무엇으로 스스로를 추스리나

피리를 불어도 춤추는 사람 없고
세상은 이미 네 편과 내 편으로 갈라져
시베리아 행 철로가 되어버렸는데
살아있음을 느끼려고 개울가 돌다리를 건너는가

시간을 감지하는 마음으로
고도를 기다린다 사람아 사람아

틈

먹고 살기 위해 신발 끈을 맨다
이 골목 저 건물 사이의 맥을 벗어나
욕망이 닿을 수 없는 여백 있다
그러나 생각 없이 함부로 밟지 마라
햇빛과 물과 공기와 흙이면 된다
맨홀 뚜껑 옆이거나
담장 벽돌과 보도블록 틈새마다
생존을 위한 초록의 몸부림
포기를 모르는 저 상처투성이에
부처가 계신다 예수가 계신다

케 세라 세라

될 것은 된다고, 일어날 일은 일어나는 법이라고, 너무 걱정 말고 운명에 맡기라고.
우리 동네 가수가 기타를 친다.

파랗다 하얗다 깨끗하다 맑다 신선하다 착하다 싱그럽다 후련하다 시원하다 달콤하다 아늑하다 친근하다 아이스크림 초콜릿 캘리포니아 산產 오렌지 예쁘다 상큼하다 룰루랄라 휘파람 부는 사람 후덕하다 너그럽다 산들바람 순수하다 하얀 도화지 행복 사랑 믿음 여유 희망 이해 관용 용서 미소 웃음소리 예의 친절 배려 우정 자애 자비 따뜻하다 부드럽다 촉촉하다 달보드레하다 인자하다 포근하다

안달 말고 느긋하게 살라고.
케 세라 세라

돌

이거 맛은 확실히 다른 기라예
그냥 장어가 아니라 돌장어 아잉기요
남해안 붕장어구이 먹는다
이것도 괜찮은 기라예
그냥 문어가 아니라 돌문어 아잉기요

돌도 돌 나름인가

청보리 허리통에도 피가 도는 소만小滿
꺼병이 몇 마리 통통거리는데
누가 성품이 모자란다고 무시하나
누가 야생의 막 자란 풀 같다 하시나
광물질 덩어리도 건축자재도 아니요
바둑돌 라이터돌 담석 결석도 아니고
머리 나쁜 나를 일컫는 말도 아닌데

돌감 돌미나리 돌능금 돌배

은장도

사월 어느 날
모란이 진다
저걸
속절없다 해야 하나
부질없다 해야 하나
너보다 나를
죽여야 하는 꽃잎
내 마음 속
그것도
하염없이 진다

대팻밥

도시에 하나뿐인 정암사 옆 목공소에서
늙은 목수가 대패질을 한다
무념무상의 대패질로 바닥에 수북한 대팻밥
깎은 만큼 널판은 안성맞춤이 된다
덜어내야 채워진다는 주지스님의 말씀이
이제사 마음속에 들어오신다

나도 깎아야지 마음의 군더더기와 헛말들
깎고 또 깎아낸 언어의 대팻밥
깎고 들어내고 떼어내면 온전한 시 한 편
내 속에 찾아오실까

연두의 형식

나무가 연두를 매달고 탑돌이 하는 시간
벚꽃잎 강물에 두 눈을 빠트렸다
나는 원래 연분홍 콤플렉스가 없었지만
꽃잎을 볼 때마다 가벼워지는 고요의 무게
그 지극한 속수무책을 어쩔 수 없었다
가슴께를 찌르는 날인생의 송곳처럼
한 세월 지나 뒷산 능선으로 남을지라도
노란 허공의 등줄기에 삶의 단서를 심듯이
성냥 한 알로 꽃들의 신음을 다독이는 연등燃燈
새들이 저렇게 높이 난다는 건
봄바람이 구름만큼 가볍기 때문이다

춘서春序

짝사랑은 대개 상처를 남긴다
더러 허공을 떠돌기도 하지만
저절로 치유되는 짝사랑의 낱장
주객이 따로 없는 세상천지 꽃기운도 그렇다
그대도 나도 한 송이 꽃이 되면 그뿐

청명 들꽃들이 곡우 산꽃들에 바통을 던져주고
수천의 색깔이 꽃잎 뒤태마다 피어나는데
하늘의 일이라던 삼한사온 없어진 지 오래다
매화가 피면 복수초, 벚꽃, 개나리 순이라 했지만
올해 꽃들은 앞뒤가 없다

소리 소문도 없이 우르르 왔다가
기약도 없이 저들끼리 하르르 지고 만다

사람살이에 피고 지는 게 순서 없듯
꽃나무도 하등 다를 게 없지 싶다가도
저마다 살겠다고 저리 서두른다면
목포 앞바다에 자리돔 떼도 별스럽지 않겠다

선비꽃

아는 것보다 모르는 것이 더 무섭다지만
살다보면 더러 몰라도 좋을 때가 있다
저 담벼락 밑에 가늘게 흔들리는 풀꽃 보아라
이름도 모르지만 가까이 눈을 주어야
비로소 맞웃음 보내는 자존의 꽃대 아니냐
거드름꽃이 좋을까 선비꽃이 어울릴까
그나저나 세속과 오욕 따위 아랑곳없다는 듯
저렇게 낮게 살아도 홀로 높은 정신
네 작명 따위, 바람소리꽃이면 또 어때
더 이상 신도 어쩌지 못하는
천상천하 아름다운 유아독존의 그 이름

공존의 그늘

큰고니의 날개와 청둥오리의 함성들이
노을이 그린 저녁 배경에 내려오시면
주남저수지엔 노란 가방을 멘 아이들과
세월호와 무상급식의 깃털 언어가 가득하다
사흘 전에 문을 닫은
월동보리밭 너머 양계장 김씨
해마다 시월이면 몰려오는 박쥐 떼가
사악한 질병을 몰고 온다고 믿는
콩고 원주민들이 두어 달 마을을 비우듯
공단 근처에 사는 큰딸네에 가셨나
농협 빌딩 유리창에 비친 물빛이 곱다

물메기 덕장

햇살 속에 반짝 빛나는 저 아름다운 할복割腹
바다의 시간을 거역하며 무엇이 저토록 간절함을 부르시는지
무릎뼈 속으로 돋는 초사흗달의 발목이 시리다

도도한 물살에 상처 난 발톱을 세우고
온힘을 다해 쏟아내는 운명 또는 별빛
두려워마라 갓 태어난 맹목은 지느러미가 없다

마디 굵은 촌로村老의 손가락 사이사이로
꾸덕꾸덕 말라가는 적막보다 더 큰 슬픔
흥건한 밥벌이의 고단함이 아연 차갑다

생에 대한 즉물적 자맥질이 가소롭기만 한데
눈 맑은 사람 아니라도 도마 위의 붉은 노을과
밀물의 갯가 물컹거리는 기억의 비린내가 가깝다

천원숍 불빛 아래

물고기도 건달이 있다 그대 아시나?
손수건만한 치마를 입고 겨울이 지나간다
절대적 장단長短과 광협廣狹의 저 치마야
지게를 받치던 흙내가 등이 굽었다

유방암으로 아내를 심장에 심은 윤규가
소주잔으로 세상을 저울질하며 웃는다
곧 갑甲이 돌아온다면서 뭘 했느냐고
벗은 나무들의 심근경색을 걱정하는 사람

따뜻한 인간을 입고 뿌리내린 마음 곁으로
불모의 시간을 건너가는 검은 비닐봉지들
내가 가진 인연과 그대가 놓친 고요 사이
그래, 우리는 세상에 없는 저녁노을이다

비닐봉지에 묻다

당신의 눈에서 욕망의 검은 비닐봉지를 본다
슬픔의 깃털 하나로 고통의 겨드랑이를 파고드는
돈이여, 기계여, 세상의 시간이여
당신과 나의 모든 흔적은 잡다한 욕망의 정거장
어떤 색깔도 시간의 아픔을 완화할 수 없네
아무리 천천히 잎을 피우고 열매를 달아도
당신은 당신을 모르고 나는 나를 모르네

잡것들

못난 놈들은 얼굴만 바라봐도 즐겁다 했지
갯가에 앉아 모래 울음소리를 듣는다
도다리대가리, 탱수, 망상어, 쥐놀래미, 쥐치를
한꺼번에 몰아넣고 팔팔 자작하게 끓인다
숭덩숭덩 듬뿍 팍팍 넣고 뿌리는 나날처럼
노을과 함께 대숲바람소리에
카! 소리 절로 나는
잡것들의 황홀한 잔치를 어찌 알까
하루하루가 작은 기적이라는 친구도
대단하지도 않고 늘 별것 없는 사람도
하지만 못난 것들이 부둥켜안으면
하나하나가 탈을 쓴 천사가 되는 줄 모르지

횡안橫眼

털게 한 마리가 기어간다 게걸음이다
아래위만 따지는 사람살이를 비웃는가
방자하고 무례한 횡포橫暴에다
독단적인 전횡專橫을 거쳐
전염병처럼 횡행橫行하는 세상이 같잖아선가
횡재橫材를 탐내다가
제 몫이 아닌 돈 따라가는 횡령橫領으로
극단의 곁눈질에 목을 거는 그대가 슬퍼선가
날마다 어찌 살까 마음문을 여닫았는데
한 열흘 앓고 나서 갯가에 나가보니
한로寒露 햇살 쟁쟁쟁 내리꽂히고
봄날 벚꽃 헤펐던 정서를 건너뛰어
맞바람 추풍 아래 그대들 춥고 가난한데
우리도 끝내 게걸음이다

세고비아 기타

스물일곱에 아버지 가시고 그로부터
십 년 후 어머니마저 가셨을 때
다룰 줄 모르는 악기처럼 꼴불견이 되었지
나는 잘못 배달된 자장면이었지
단무지 노란 새끼들 중 하나였지
무럭무럭 자라나는 궁상과 건너편의 고요
유리구슬 같은 단단한 눈물을 흘리고 싶었지
뜨거운 꿈들이 하나씩 식어가는 시간이었지
손톱을 길러 겹겹의 기억들을 뜯고 싶어
그때마다 보라색 꼬리를 던져주고 가는 도마뱀
내 허락도 없이 해가 뜨고 별이 졌어
시간이 시간을 핥듯이
여섯 개의 문고리를 잡아챌 수 있다면
쉰이 넘도록 물렁물렁한 나의 세고비아 기타
허우적허우적 강물 속 축축했던 기억에
대답이 없어도 계속되는 기도를 얹어
여섯 개의 기타 줄을 튕길 수가 있을까
너덜너덜한 지폐 한 장이 되어
버르장머리를 만드느라 한세월 보내고 있네

정의에 대하여

차면 기운다고 술잔을 들지 마시라
기울면 다시 찬다고 또 술잔을 들지 마시라
만월이 기쁨과 슬픔을 다 갖고 있듯이
텅 빔의 충만 또한 만만치 않은 법이거늘
예수나 석가처럼 젊은 죽음이 찬란하다지만
붉은 스탈린의 죽음도
공자의 천하주유 죽음도 아름답지 않았는가
불을 만들어 불에 타 죽고
자동차와 비행기 이후 죽음은 또 어떤가
내전에다 세계대전으로
대기근에 지진과 홍수로
우리는 염세주의 신봉자가 되었다
접속과 검색과 온라인
신유목민과 문화의 혼혈시대여

모산선생사史

여섯 개의 거문고 줄이
이만 개의 누에고치실을 배배 꼬아 만든 것이라면
천 년 묵은 저 종소리가
죽음의 고통을 짜고 짜서 꼬아낸 혼의 파장이라면
상주 주씨尙州周氏 어머니의 땡초된장국과
광주 이씨廣州李氏 아버지의 황소발걸음 같은 말씀이
물처럼 스며들어 만드셨다 나는

2부

감나무 맹자

벌초

살면서 잘라야 할 게 머리카락뿐이랴
손톱 발톱도 잘라야 하고
철종 임금 때 육조의 이방 수염도 잘라야 하고
뮛등에 자라는 아버지의 꾸중도 잘라야 하고
그뿐 아니다
시도 때도 없이 자라는
마음속 그것도 잘라야 한다

가을 소묘

은행나무 우듬지에
가을의 소맷자락이 위태롭게 걸려 있다
오갈 데 없는 마음들의 행방
한낮 햇살은 아직 이름표를 달고 있지만
차츰 산 너머로 던져버릴 조짐이고
이런 계절 이별만큼
가슴 아픈 것도 없겠지만
상처조차 껴안고 부비다 보면
한줌의 미련이나 동정 없이
다 떠나도 나는 좋아라
모두가 떠나간 이 거리
계절이 한 계절을 닫고 고개를 넘어갈 때
어디선가 또 다른 떨림이
나를 부르고 있을 것이다

감나무 맹자

늙은 감나무 한 그루
말없이 내 마음에 들어오신다
늦가을 바람에 멱살을 잡힌 가지들이
세상의 눈보라를 붙들고 우는데
뜨거운 강물 한 사발 들이킨 산 그림자는
당신의 배꼽 근처에 앉아
저녁연기의 노을 낙서를 읽고 있다
천자문을 베껴 쓰듯이 아버지
아버지의 삼베적삼을 부르고 부르다보면
푸른 욕망이 붉은 하루가 되어
잎 진 자리마다 말씀으로 돋아 상처를 핥을 터
서둘러 사라지는 햇살의 옆구리가 시리다

강가 늙은 버드나무

지금 흔들리는 것은 가을 강물의 외로움
여름내 가라앉은 푸른 이파리의 몸짓인데
들끓는 욕망 저 건너편에 늙은 버드나무 한 그루
밤새 생의 그물을 짜던 캄캄한 시간이 떠오른다
이제 겨울이 산모롱이를 돌고 있을 것이다
바람에 제 몸을 내줄 줄도 알고
철부지들의 돌팔매에도 빙긋 웃어주겠지
같잖다
내 아득바득 붙잡고 건너온 것이
잎 다 진 버드나무 가지 하나였다니

돌아다니는 말들

골목길을 두드리며 말들이 돌아다닌다
채소 과일 번개탄 고무장갑 왔어요 확성기를 타고
고사목에서 울긋불긋 독버섯이 돋아나듯이
산 오징어 썰어 팝니다 영덕대게 왔어요
듣기 싫은데 오른쪽 귀로 들어와 왼쪽 귀로 나간다
귀 기울이지 않아도 잘 들리는 거짓말처럼
팔랑팔랑 이파리 같은 말들 성질 돋우는 말씀들
목탁소리를 타고 산을 내려온 말씀들
십자가를 등에 지고 힘들게 오신 말씀들
새벽 강에 나가 몸을 뒤척이는 강물 소리 듣고 싶어
구부러진 저 소나무 껍데기의 천 년 숨소리를 듣고 싶어
낮은 음성 안에 고인 듯 흐르는 침묵은
물봉선이나 질경이처럼 몸을 낮추고
제 손바닥을 두드리는 버드나무의 귀를 가져야
다문다문 마음속으로 길을 내는 법인데

반추反芻

덩치 좋은 소 한 마리
뒷산 중턱에서 풀을 뜯고 있는데
소나무 가지 하나가 슬쩍 다가와서
쿡 옆구리를 찔렀는지
하늘을 바라보며 슬그머니 드러눕는다
저 되새김질은 무조건 네 번씩 참는 것
뜯어먹은 풀만큼 걱정은 사라지는데
이제 세상은 내 꺼다 음메–
큰일났다

봄의 새끼손가락

겨울 냄새가 몇 줄기 남아 있는
건너편 방파제 돌기둥 아래
거뭇한 사내 몇 둘러앉아
왕소금 스윽 슥 뿌려 굽는 입춘멸치 좀 봐
석쇠에 달라붙은 잡사雜事를 바람이 데려가는 중이네
대가리와 내장과 뼈를 제거하고
막걸리로 샤워시킨 봄멸치 두어 줌
양파 미나리 들깻잎 쑥갓 참기름에
무침양념으로 버무린 뒤 새끼손가락 쪼옥 빨면
세상의 햇것들 갯내를 헤치며 두런두런
초록이며 연두색 말씀들로 덜큰하게 오시고
무침국물에 뜨신 밥 한 술 비벼보시라
아하하 아하하 봄 물결을 건너오시는
소주 한 잔 또는 막걸리 한 잔
그 넘어 굽어보시는 산 그림자 인정 한 잔

적조赤潮

엠알아이 촬영 사진을 보며
젊은 내과 전문의는 말했다
어머니의 뇌혈관이 못쓰게 되었다고
수술도 불가하다고
눈앞을 가리는 핏빛이 저물도록 슬펐다
깊은 산 하나가 진해바다에 빠져
이제 저렇게 붉은 출렁임이 된 거라고
일흔의 삶을 하나씩 하나씩 이어가다가
그 중 하나가 된통 터져 버린 것이라고
가슴 속 깊이 쟁여 두었던
생의 찌꺼기들이 가쁜 숨을 몰아쉬시고
갯가에서 청진기를 든 젊은 나무 한 그루
주춤주춤 생각이 생각을 부르던 그날
달이 뜨고 별이 지는 줄도 몰랐네

지음知音

연잎에 물방울이 모여 있다
스미지도 않고
깨뜨리지도 않는다
바쁘게 흔드는 잠자리 꼬리에
개구리 소리도 올라와 앉는다
네가 있어서
말없이 이렇게 기댈 수 있어서
나는 세상이 두렵지 않다

열대우림을 꿈꾸다

동물원을 탈출한 말레이곰 '꼬마'가 지리산에서 목격됐다는 뉴스가 나왔다. 방사된 반달곰과 어울려 계곡의 큰 돌을 뒤지고 있더라는 등산객의 입술이 유난히 붉다. 시멘트를 버리고 벌건 쇠와 사람 냄새까지 버리고 '꼬마'는 케이티엑스를 타고 갔을까. 열하루 동안 백두대간을 따라 내려갔을까. 지상의 모든 죄가 스민 마음을 짊어지고 갔을까. 소 팔고 논밭 팔아 여섯 자식 공부시켰던 아버지의 마음 쪼가리 같은 눈발 흩날린다. 짝짝이 양말을 신고도 하루를 살 수 있어. 쫓아낸다고 나갈 놈이 아니다. 뼈저릴수록 외로움은 잘 데리고 살아야 한다. 눈 덮인 고사목 가지가 뚝 부러지는 소리 골짜기에 가득하다.

가시

하얼빈에 갔지요
발아래 가시를 밟고 다녔지요
고개를 드니 하늘도 가시더군요
목에만 있는 것도
눈에만 있는 것도 아니었지요
빨개진 코끝에서 얼음가시가 자라고
바람가시 참 날카롭데요
서슬 퍼런 위협에
아프다 소리도 치지 못했지요
추운 곳에서 얼음처럼 빛난다는*
가장 높은 것들 없었는데요
마음 깊이 한 올 한 올
살아나는 저 얼음 맛은 무언지요

* 조정권, 「산정묘지 · 1」에서 따옴.

단풍

평일 오전인데 남자들이 산에 간다네
베이비부머 세대와 육칠십 대도 산에 간다네
마치 에베레스트 주봉에라도 갈 듯
기능성 등산화에 색색의 아웃도어를 입고
침묵의 가치를 증명하듯 말없이 산에 간다네
혼자 울고 싶은 사내들이 저렇게 많아서라네
늦은 여름일뿐인데 벌써 단풍이 오고 있는 산이라네
지리에서 설악으로 올라오는 게 아니라네 단풍은
온도를 따라 남에서 북으로 가는 것도 아니라네
오해하지 말게 단풍은 가을의 친절이라고
저렇게 우리나라의 사내들이 산에 가서 그렇다네
아무도 없는 곳에 가서 그들만의 아픔을
가슴 깊이 생살 속의 설움덩어리를
마음 놓고 색색의 울음을 울어서 그렇다네

삼봉산 달빛에 묻다

예맥, 옥저 시절부터 한 배짱, 한 뚝심 하는 왕대밭에 마냥 쏟아져 내린 저 달빛. 화롯불에 익어가는 호박고구마 냄새를 만들고, 흙돌담 돌아 구부러진 세월이 숨겨둔 덫에 따귀를 얻어맞아도, 낮으나 굵은 음색으로 노래를 부른다. 마음이 마른 사람들에게 백매, 홍매 피었다고 봄이 온 건 아닐 테지만 내 생의 청매는 언제쯤 필까. 아날로그를 위한 박수소리 아득하기만 한데.

칠불사 배롱나무

높은 구름만 보다 왔다
그대는 멀리 있는데
날빛보다 더 밝은 햇살
칠불사 돌탑 부근
신라 왕자들의 기침소리 서넛
세월의 빛을 다스리고 있었다
저물 무렵쯤
끝이 아닌 과정을 살아
말 한 마디 없이
눈자위는 붉어지고
하릴없이 구름의 뺨을 보다가
그대 탓인가
구름 탓인가
칠불사 마당에 고인 늦가을 탓인가
어찌할 줄 모르는 내 마음 탓인가

배꽃 필 무렵

청매 백매 살구꽃 사과꽃 그 다음쯤일까
담을 넘어 온 동네가 훤하다 배꽃
저녁밥 굶은 마을 끝집 삽작문을 열고
한없이 바라보던 세간의 이 빠진 사연이나
또닥또닥 기름종이 등불을 들고
아버지의 올 굵은 삼베적삼이 오시는 꿈
기척도 없이 왔다 가시는 어머니의 꿈이 아프다
꽃자리를 지나는 저녁노을의 발간 볼을
가슴에 아롱지게 만드는 꽃집 한 채
물관부를 타고 오르는 나무의 방언으로
겹겹의 빗장을 여는 주문을 외운다
다섯 살 손자 얼굴처럼 영글어가던 봄마음
그분의 도포자락에 매달린 말씀이 오시듯
오늘밤 복사뼈 부근이 가렵다

죽추竹秋

소만에서 망종 어름까지
모심기에 보리타작이 땡볕 아래 타닥타닥
장복산 마루 신록의 팔다리가 절정인데
벌써 가을이 내려 오셨나
중턱의 대밭만 누르스름하다
아하 대나무의 가을이라
온 봄내 죽순을 키우느라 진을 다 뺐구나
우후죽순 쑥쑥 크는 새끼들을 보며
찬물에 꽁보리밥 달게 넘기셨던 어머니
마디 굵은 손마디와 등 굽은 세월을
대밭에서 읽는다

학자수學者樹

정유년에 아버지는 날 낳고
마당 들머리에
학자수學者樹 한 그루를 심으셨다
가지만큼 자유롭고
기개를 잃지 말라고
돈 없이도 공부 잘 하라고
한 번의 사립四立*에도 겸손하라고
세월의 더께가 겹겹이 쌓인
두껍고 두터운 그늘의 힘까지
나이 들면서 더 아름다워지라고
사람도 새도 바람도 안아 들이라고
그리하여 생의 지혜를 담으라고
아버지는
함석지붕 삽짝 옆에
학자수學者樹 한 그루를 심으셨다

내 삶에 공란이 너무 많다

* 입춘, 입하, 입추, 입동의 총칭

동백다방

지나가는 세월이 불었다
뚝뚝 떨어져 모로 누운 저 연민이 슬프다
붉은 등 하나 달지 않고
짧게 지나가는 세찬 세월
마음은 꽃 이파리처럼 흩날렸고
강물은 뒤척이며 흘러갔다
누구든 돌이킬 수 없는 일
소주 냄새 밴 하루가
발송인도 없이 택배로 왔다
바람이 분다
그대도 나도 살아있다
울고 있는 전봇대를 지나가며
첩첩한 노을이 손을 내밀기 전에
본가입납本家入納 한 장 부칠 곳도 없는데
까닭 모를 설움만 저렇게 자자한데
사랑이 없던 그때 떠올리지 못하고
톱밥난로 동백다방 늙은 마담꽃 진다

3부

물굽이에 차를 세우고

낙동강 물끝

칠백 리를 걸으며 옷도 신발도 다 벗어준
민물과 갱물이 손을 내밀어 만난다
묽은 물 떼가 검푸른 물 떼 사이로 흐르며
마음의 길을 만들면 다시
마음의 그릇으로 그걸 오롯이 담아 안는데
달빛을 거슬러 올라 새끼를 품는 숭어 떼와 웅어 떼
집착의 질긴 밧줄을 잘라 버리고
욕심의 바가지를 깨트려버리고
어머니처럼 모두를 안아 들이는 낙동강 하구언
뻣뻣한 그대 마음과
딱딱한 내 고집의 등을 두드리며
오늘도 흐르는 저 민물과 갱물
비로소 강둑 너머로 달이 뜬다

낙동리 강물

제 홀로 흘러가는 것 같아도
저 혼자 무심히 흘러가는 것 같아도
강 풀잎 한 장이
그 알 수 없는 소용돌이의 눈동자로 흔들리면서
달비린내 풍기는 저녁별로 뜨는 날까지
구불텅구불텅 다 데불고 간다 강은
동네 꼴머슴 한수의 땀 밴 구구단도
작년 장마 물귀신에 처자식 앞세운 장동아재
쉰내 나는 난닝구도 다 안고 간다
마음이 만든 길 하나 없어도
이제 아는 사람 하나 없어도
눈 감으면 금세 강둑의 워낭소리가 들리는 곳
내리는 비와 부는 바람 그 다음엔
멀지만 그윽하게 다가오는 설렘이 있겠지

남강유등

둥근 것은 사랑이다
지리산 팔꿈치처럼
그대와 나 사이에는
모서리가 없기 때문이다
햇볕에 물들며 스스로 익는
세상의 뭇 열매가 둥글 듯이

강물에 띄운 꽃등은 사랑이다
밤잠 뒤척이며 산이 우는 소리에
형형색색의 기다림이 되어
그리움의 종소리가 되어
유장유장 흐르는 마음이 있기 때문이다

둑 너머 하늘이 환하게 밝아온다

작달비

중복 근처의 어느 날
장대비 쏟아진다
그 가슴팍에 서고 싶다
씻어내는 게 더위뿐이겠느냐
빛바랜 분노와 증오를 받아 안고
찰나적 호오好惡에 왔다 갔다 하는
뿌리 깊은 이해타산을 헹구고 싶다
세월 따라 누덕누덕 염결廉潔과 우매愚昧를 넘나드는
곱셈의 논리를 버리고
늘어진 정신의 정수리를 한참 맞고 싶다
깊고 넓은 말씀의 질타叱咤를 받고 싶다

물굽이에 차를 세우고

돌이킬 수 없는 시간이 강을 건너가고 있네
산 너머 세상의 언어는 사전 속에 묻어 두고
굳어버린 어깨를 흔들며 강둑의 푸른 마음을 따라가기로 하였네
가지지 못하거나 할 수 없는 일에 연연하는 동안
너는 여태까지 뜨거운 눈물 흘려 본 적 있나
갈 길이 얼마나 남았는지 살피다가
지금까지 얼마나 왔나 돌아보지 못해
너무 늦게 차를 세운 게 아닌가 후회도 하지만
무엇이 내게 하늘 한 자락 허락하지 않았는지
잘못 앉은 내 삶의 여독이
다른 이에게 널리 퍼지지는 않았는지
깊은 절망의 강을 건너
저렸던 온몸을 부르르 한번 떨면
슬픈 노래도 행복한 귀로 들을 수 있는 나이가 되었네
쉽게 흔들리는 풀잎도 생명인 까닭을 알게 되고
제 스스로 뿌리를 내리고
하늘과 땅의 말씀을 받아들이는 겸손에
슬픔이 뭔지 알 때쯤이었네

이기지 않으면서 지지 않는 법을 가르치는 강물의 굽이들이
반짝반짝 빛나면서 내 등을 두드렸네
알맞게 찰랑이는 강물 저 너머가 벌써 환해지고 있었네

어머니의 안개치마

열무 서른 단에 애호박 여남은 개쯤 너끈히 이고
수산 다리 건너 아침장 다니셨던 어머니
망종芒種 어름 모심기 때면 스무 명 넘는 일꾼들
수제비 새참 한 광주리 이고도 끄떡 않으시고
안개 속 자갈길을 주물러 생의 알곡을 거두셨던 어머니
그러구러 새끼들 눈물샘 깊은 곳에 들어가
밤낮으로 달을 낳고 해를 낳으시던 어머니
조율이시棗栗梨柿하고 어동육서魚東肉西하면 뭐하고
동두서미東頭西尾하고 좌포우혜左脯右醯하면 뭐하나
마디 굵은 손가락과 흙때 낀 손금들에 혈관이 숨어들
더니
쉰 줄에 심신을 접어버린 아버지처럼
고혈압에 몸을 내드린 어머니 그 어머니가
날마다 쨍쨍쨍 놋주발 소리로 내게 오시더니
저 멀리 솔미산 근처를 날아다니던 도깨비불과
고꾸랑에 올비 씹던 그때를 배경으로
눈물냄새조차 말라버린 노란 논둑길을 따라
소달구지를 타고 가는 아버지의 그림자를 밟으며
낙동강변 푸성귀밭머리 배추흰나비처럼

나풀나풀 팔랑팔랑 안개치마 입으시고
출렁이는 자꾸만 출렁이는 세상의 길을 걸어오시네

사모곡 · 강물

어머니는 오래 전 강이 되셨는갑다
길이 없어도 강물로 흘러 달이 되시고
바람이 불어도 풍경으로 앉아 마음이 되셨는갑다
다 모두 다 비우고 가셔서
가벼운 그 마음까지 내려놓고 가셔서
뒷기미 나루 물안개로 피어오르시는지
잠들지 못해 뒤척이는 내 머리맡에
땀 밴 삼베적삼을 벗어 놓으시고
깊이 흐르며 말씀의 닻을 내려 놓으셨는갑다
내가 일상이라는 신파의 다리를 건너갈 때
출렁출렁 몸속의 아득한 길을 돌아
소전거리 국밥 벌건 국물 같은 상처를 다독이시고
작은따옴표가 많은 소문의 오색그림자를 따라
모든 상처는 희망의 유전자를 갖고 있다며
어머니는 우물가의 비나리꽃이 되셨는갑다

보리누름에 웅어회

이 사람아 잔을 드시게
도다리나 광어처럼
일 년 내내 맛볼 수 있는 게 아니지 않나
보리밭을 지나 오뉴월 땡볕을 기다리며
딱 두어 달만 허락하는 구수한 비린내지
한 해의 절반으로 접어들며 풀물 드는 소 울음에
망종을 지났으니 강둑 아래 밀서리 연기
곧 낙동강이 거대한 울음을 울 땔세
잔파와 생마늘 썰어 뿌린 제법 큰 접시
성질 급하기론 한 이름 하는 웅어 아닌가
추억의 초장 맛에 그 시절의 눈물 맛까지 더해
어여 어여 한 잔 드세나
헌 책 속의 메모 같은 흐린 사랑을 위해
삶의 두려움이 없었다면
세상에 대한 불안과 공포가 없었다면
깜부기와 방동사니에 된바람의 요리가 되었을까
오래도록 지우지 못했던 그늘
우리가 만들어두고 떠났던 그늘 맛이 되었을까
이 사람아, 한잔 드세나

풍경소리

물웅덩이에 미끄러져 허리를 삐끗했다는 김씨와
돌부리에 자빠져 발목을 삐었다는 이씨가
자고 일어나 기지개를 켜다가 어깨가 빠졌다는 박씨와
파티마병원 로비에서 종이컵 커피를 마신다
몸은 분명 늙고 있는데
마음이 따라 늙지 않아서 생기는 괴리
실패와 실수의 생이 공즉시색이고 색즉시공인데
한평생 혼자 가는 길의 짐차에 실린
거울과 등불의 노래가 슬프고 고단하다
하늘 저쪽에서
그윽한 풍경소리 붉게 물들어 간다

추분호박

천지가 쓸쓸해지기 시작한다는
추분 무렵
삶이 그대를 꽤나 속이겠지만
곧 스산하게 감이파리 떨어지고
바람결 쌀쌀해지면
아버지 빛바랜 삼베적삼 같은
허수룩 농막 지붕 위에
사부작사부작 기어올라 앉으신
미륵사 보살 두 분
붉누른 저 미소 살갑지 않으신가

바위취

허리를 굽히고
고개를 숙이게 하더니
급기야 무릎을 꿇으란다
태풍 루사에도 끄떡없던 꽃
그 향기에 눈을 감는다
늙은 꽃이 어디 있나
그대도 그렇다

기청제와 기우제처럼
삶은 언제나 서늘한 좌우대칭이다
와도 탈이고 안 와도 탈인 비다
시간의 솔기를 접고
무작정 바라봐야 하는
그대와의
사랑법도 그렇다

묵뫼 할미꽃

볕 좋은 야산 등성이에 오르면
습기 머금은 풀 비린내 노란 허기의 세월
봄취나 머위 순을 떠올리지 않아도
할머니 무릎 아래 들기름 냄새 같은 거

새소리 몇 개 내려오시고
아지랑이에 실려 온 먼 바다 초록눈썹을 받아
작은 풀꽃이나 한 그릇 쑥국 같은 마음
부끄럽고 또 부끄러워 고개 숙여 피었다

배운 대로 살면 늘푼수가 없다고
풋내 나는 몸의 서사보다 떫고 매운 서정이 맛나다고
묵은 억샛대 사이로 파릇한 새순이 솟듯
쓸데없는 생각이 너무 많으면
그대를 잃고 삶을 놓치게 된다며
언제나 입술 부근을 떠돌던 저리디 저린 그리움
차마 하지 못한 자줏빛 언어 몇 송이 피었다

삶의 물기

매화가 피는지 벚꽃이 지는지 모릅니다
해가 뜨면 신발을 신고 달이 뜨면 들어와 누웠습니다
아침에 아내와 얼굴 붉히고 애들과 냉랭하게 헤어졌습니다
차 시동도 두어 번 투덜거립니다
시각과 청각을 버리고 촉각마저 제쳐두면
겨드랑이에 냄새만 남아 스스로를 안으로 구겨 넣습니다
저녁 밥상, 김치와 구운 김, 멸치볶음 한 보시기뿐인데
작년에 담근 김장김치찌개 냄비에
하나 둘 셋 넷
숟가락 넷이 한꺼번에 달려듭니다
네 식구 마주보며 그냥 웃습니다

꽃몸살

복수초, 매화, 큰개불알, 광대나물, 냉이, 꽃다지, 노루귀, 산자고, 얼레지, 현호색, 홀아비바람꽃, 제비꽃, 양지꽃, 민들레, 수선화, 벚꽃, 개나리, 산수유, 백목련, 자목련, 조팝나무꽃, 동백, 진달래, 유채, 처녀치마, 너도바람꽃, 생강나무꽃, 철쭉, 산철쭉, 씀바귀들 야단도 저런 야단이 있으랴.

노랑, 연보라, 분홍, 빨강
온 세상 몸 단 저 마음을
누가 아득하다고
울긋불긋이라 이름붙이나.

작년에 정년하신 이 선생님이 구기자 새순을 따서 보내왔다. 살짝 데쳐서 깨소금에 참기름 몇 방울 조물조물 둘렀더니 꽃몸살 나려나 보다.

가을의 눈동자

보시게
진해루 앞 진해 바다 보시게
어깨 넓은 가을이 장복산에서
사알살 내려와
제 그림자를 깔고 있잖은가
진해의 눈동자에 마음을 부려놓고
겸허하게 생을 비우는 모습
우리 마음도 덩달아 여려져
그냥 울고 싶지 않은가
원색의 변화와 아픔들이
생의 흔적들을 껴안고
하나 둘 반짝이는 진해 바다
그 진해의 눈동자를
보시게

가을일기

눈물은 차오르지 않았다
떡갈나무 낙엽처럼 손톱이 부서져도
막 털갈이를 끝낸
겸손지덕의 고즈넉한 들녘과
만산홍엽 현수막을 내건 세상은
등을 보이고 앉아 전어를 굽고 있을 뿐
못다 한 말과
따스한 차 한 잔의 추억
둥근 어깨는 삼킬 수 있었지만
그대 떠난 후
저렇게 가을이
붉은 정령들의 가을이
아무렇지 않게 깊어간다는 것은
용서할 수 없었다

점선의 꿈

두어 달 전 개통된 거가대교를 타고 거제 가는데요
만 원짜리 통행료 아깝단 생각 안 하고
입구와 출구를 몰라 네비게이션 켜고 갔는데요
얼마 안 가 뚜뚜뚜뚜 하더니
바다 위로 달리는 화살표 하나
홀로 만드는 저만의 점선길이네요
그렇네요, 얼마나 오랫동안 꿈꾸던 길인가요
여자는 이제 말도 없네요
언제나 그녀가 시키는 대로 생의 길을 따라가다가
가끔씩 튀어나오는 소심한 반발과 짜증에
경로를 이탈한 적 더러 있었지만
차분한 친절의 그녀는 변함없지요
한순간 깜빡 조는 내 눈꺼풀에 분필을 던지기도 하고
삶의 브레이크를 마음대로 밟기도 하지만
세상의 모든 것이 눈부신 깨달음의 재료라면서
저 홀로 만드는 점선의 꿈, 어떤가요

태풍전야

초대형 태풍 매미가 오키나와를 지날 무렵
갯가에 나가 보았다
그 많던 갯강구가 한 마리도 보이지 않았다
미안하다
내가 미물이다

4부

숟가락의 무게

밥과 법

논두렁콩 타작마당 땡볕을 두드리고 가는 작달비에
집 뒤 도랑물도 청록의 소리로 맑은 이치를 전하는데
나만 듣고 남은 듣지 못하는 귀울음과
남은 듣고 나는 듣지 못하는 코골이처럼
세상 누구 하나 나를 알아주지 않는다 해도
남은 다 아는데 나만 모르는 것이나
남 잘한 것은 못 보고 제 잘못은 질끈 눈감아
별것 아닌 제 것 대단한 줄 아는 청맹과니들
밥 앞에 법은 멀기만 한데
지지고 볶는 사람살이 주름마다 계절의 마디가 굵다

숟가락의 무게

하루치의 먼지를 털고
골목길 전봇대 그림자를 달고 온
마음의 남루를
저녁 식탁에 걸치고 앉는데
김치찌개가 묻는다
밥값은 하셨는가
남의 밥 뺏어 먹지는 않으셨는가
파김치도 한 말씀 하신다
밥숟가락 참 무겁다

고인돌의 말

부지깽이도 한몫 거들고 있는 들녘에
부엌 살강에 얹힌 밥사발 몇 벌도 맞장구하면
모내기도 밭갈이도 바짓가랑이 걷어 올렸네
오월 농부요 팔월 신선이라 했던가
한 시름 넘었더니 석 삼 시름 버티고 섰다 했던가
못줄 잡는 소리 논배미를 메워가고 있는데
농투사니들의 잔등이 오늘도 분주하였네
앞산 능선골 줄기를 타넘는 봉건왕조의 그늘도
진양조장단에 맞춰 한 말씀 던져 주는데
동네 들머리 당산나무 아래 돌장승이 땀을 흘리네
어리굴젓 한 보시기에 보리밥 한 술로 하루를 넘기는 동네
소문에서 소문으로 이어지던 지난날의 흠결들을
男토우와 女나무꼭두로 빚어 달래는 동네
산다는 건 많은 죄를 짓는 일이지만
그 죄를 씻으려 마음의 감옥을 들락거리는 일
또한 크나큰 삶이라 무어 그리 종종걸음 할 것 없네
급하다고 서두른다고 몇 번이나 수신호를 보냈지만
후천개벽의 맹아를 찾겠다고 법석을 떠는 사람들

먼 산 너머 구름은 오늘도 몽실몽실 동영상이 되고
야산 등성이의 고인돌 할배 고즈넉이 내려다보네

진해덕전어鎭海德錢魚

삶이 이토록 맵디맵고 짜디짠 까닭은 무어냐며
가을바다의 옆구리를 저며 접시에 담는다
따진다고 울고 분다고 답을 줄까
마음이 가난한 사람들은
술잔에서도 물살 가르는 지느러미를 본다는데
까짓것 반풍수 청맹과니로 살았다고
세상 어찌 되는 것도 아닐 테니
수평선 너머 낮게 웅크린 낮달 설핏 기울 때
소주 한 잔에 등 푸른 추억을 떠올리면
천만 근의 근심도 썰물이 되어 흐르고
간당이는 세월의 뼈를 발라
하염없는 파도의 말씀을 속으로 들이면
바람결에도 소식 없는 그대
시루봉과 천자봉 무사기원 안부에
식탁 위의 비린내도 달디달다
덕德전어면 어떻고 떡전어면 어떻노
네가 있고 내가 있으니
추남秋男이 되고 추녀秋女가 되는 기쁨에
걸어 잠근 마음의 곳간을 허물고
일렁이는 가을의 여유 반갑잖느냐

국수 한 그릇

태양이 하루의 문을 닫을 즈음
저녁연기 말아 올리는 국수 한 그릇
왕대포 한 잔에 닫힌 마음이 문을 열고
김치 한 보시기에 헛기침이 절로 나와
경건한 아침을 위해 밤안개 내려오시고
세상 가장 푸짐한 저녁상에 일 배杯
또 일 배拜

들쭉술

해금강 자연산 광어 한 접시에
평양 대동강 술 공장에서 나온 들쭉술
진홍색 모시멍게 한 대접은 덤이란다
팁도 안 받는 동포처녀 김순실이 따라준 들쭉술
창밖은 부산처럼 어둠이 내려와 있고
참이슬 소주 몇 잔에 왁자왁자 사람들과
남쪽의 쉰이 넘은 비운동권 불량시인
남포특급시 노동자아파트 짓는데
백두산 가는 길 다리 놓는데 보탬이 된다면
헛헛한 웃음을 던지며 한 잔
정신의 폐허를 건사해온 생의 비린내와
즐거움 저편의 두려움 바라보며
본능 속의 온갖 짐승들의 울음소리로 한 잔
반만 년의 유전자에서 한 치도 벗어날 수 없는
원시의 말과 몸뚱이에 또 한 잔

사소함에 대하여

늙은 건축가는 설계할 때
집의 그림자까지 그려 넣는다고 한다
기쁨과 행복을 생각하기 전에
슬픔과 불행을 다독이는 마음이란다
그늘의 마음이란다
존재의 본의本意란다

오늘 만난 그의 그림자를 그려본다

낮술

가끔 생의 목적이 아득하거나
내가 하는 일은 정말 아름다운가
나는, 이건, 뭐지 싶을 때
아버지도 몰라보는 별이 뜬다
가늘게 눈을 뜨고 깜빡거리는 찰나여
헛것의 울타리에 갇힌 사랑이여
살아도 또 살아도 내가 낯설거든
살신殺身이니 사즉생死則生 같은 언어 바라지도 않아
철썩이는 욕망을 접고 물의 메아리를 만나
하늘이 오거든 받아 안아보라
없는 그대와 마주 앉아 마시는
이 뜨거운 고요
이 쓸쓸한 기쁨의 의지까지
삶이 나를 속이다니
가당키나 한가

낮달

머구리배 타는 김 씨가 가져온 갈매기조개를 안주로 낮술을 마신다. 등록금에 밀려 군대로 피난간 아들내미로 시작해 날마다 아홉시가 넘어야 퇴근하는 연꽃어린이집 보조교사 딸내미로 이어지는 눈자위 따뜻해지는 삶에 나는 자꾸 술이 고프다. 손 저으며 눈으로 인사 나누고 누런 비린내로 치장을 한 수협 공판장을 가로질러 간다. 휘파람을 불며 슬리퍼를 끌며. 점심 굶은 갈매기 한 마리 끼루룩거리는 갯가 벌건 물 위로 뜬 낮달의 얼굴이 불콰하다.

디지털 치매

월부책 대신 스마트도서관 설치하라고 사람이 왔다. 나는 집과 아내 전화번호도 까먹기 일쑨데 아들과 딸의 전화번호도 모르는데. 예전에는 어지간한 전화번호 쉰 개쯤은 외웠는데, 음치지만 십팔번 몇 곡은 거뜬했는데, 이젠 노래방 안 가면 끝까지 부르는 노래도 없는데. 기억력은 고사하고 뇌의 부피가 얇아진 것이다. 백과사전은 필요 없지만, 스마트폰이 없으면 인생종말인데. 교과서도 디지털, 동네서점들 문 닫은 지 오래, 사람 간의 대화는 드라마 속에만 있고, 인터넷 가십만으로 술자리 話題가 되고, 명상과 토론은 귀한 나날이 됐는데. 서울의 독도참치집 바로 옆에 욱일승천기 일제 전범기를 단 이자카야 술집이 나란히 있는 나라, 중고생들이 3.1절을 삼점일절로 읽는 나라, 우리나라 만세.

물안개의 자초지종

— 함양 상림 연꽃

물속의 차가운 영혼들이 아침햇살에
합장 경배를 바치는 숭엄한 향연
떠나간 그대 등에 맺히는 그윽함에
마디마디 간절함을 품은 연뿌리
속절없음을 두드리는 물소리에
수면 위의 어둠을 어루만지며
세상사 아픔을 다독이는 손길이 따숩다

섬진강곡蟾津江曲

단풍색이 곱다니요 은혜로운 바람이라니요
수천 년의 사연을 안고 흐르고 또 흐르는 저 목숨
음률 같은 곡선의 물줄기에 하늘마저 안아 들이는데
섬진강, 마음 맑은 사람들이 심신을 헹구며
발목이 푸른 지리산에 말없이 어깨를 내어주면
지붕 낮은 집 담장 아래거나 축담 근처
무장무장 피어나는 따뜻한 별꽃 무더기들
은혜로운 단풍내음에 화개동천 찻물이 은은한데
어디 오류투성이 문장을 둘둘 감고
세상 먼지 듬뿍 묻은 낱말들을 풀어헤친단 말인가
마침표 없는 천 년 사랑의 문장을 읽을 때까지
무지갯빛 꽃구름을 강물 위에 띄운다

이면도로

친구의 가게는 이면도로에 있다
구조조정 바람에 쉰이 넘어 차린 프랜차이즈 닭집
산업도로도 산복도로도 아닌 이면도로는 바람이 세다
자주 배달 오토바이가 지나가지만
반짝이는 종아리를 가진 여고생이나
긴 머리칼처럼 수다를 떠는 데이트는 없다
수런거리는 퇴근길은 유별나게 종종걸음이다
초저녁에도 술 취한 계면쩍음이 지나가고
하릴없이 애써 인생을 사는
마흔 넘은 총각의 새파란 욕지기도 지나가는
이면도로는 쓰고 버리는 세상과 닿아 있다
신부님과 스님과 목사님의 오체투지 삼보일배도 외면
하는
저 가게는 얼마쯤이면 문을 닫을까
누군가를 위해 몸을 바치는 사람에게
마음은커녕 몸 한 쪽도 보태지 못하고
골목마다 토사구팽의 바람만 쏟아져 나온다

자벌레 인생

별의 왼뺨부터 달의 복사뼈 사이를 재는 봄꽃이 있네
나무 밑동에서 우듬지까지 팔 뻗기를 하다가
꽃잎과 나무뿌리까지의 마음을 재기도 한다네
노랑지빠귀의 울음소리에서 꼬리명주나비 날갯짓까지
의 거리
생채기에서 배어나온 진물의 가는 손가락에서
가지 끝 여린 순의 장딴지까지 가 닿는 입김
그대와 내가 닿지 못하는 거리를 짐작하기도 한다네
우리도 이런 무념의 사랑 따뜻한 헤아림이 있다면
아주 가볍게 서열과 수단의 잣대질을 버리고
길이와 높이와 무게쯤 아무렇지도 않을 텐데
너럭바위에 지는 해가 슬금슬금 내려와
기약할 수 없는 내일의 새끼줄을 꼬는 중이네
슬픔과 기쁨의 정수리에 착한 꽃대처럼 김이 솟고
뼛속 통증 몇 쯤 우련 가지고 살아도
내 생의 건전지를 잠시 빼놓고 잡념에게 마실간다네
세월의 책갈피에 꽂아두었던 흑백사진을 꺼내들고
상상의 톱니바퀴를 따라 배를 밀고 가는 그대여
그대와 나의 세상 그 겨드랑이 속으로 안녕

혜자의 눈꽃*

훌쩍 서른 해 저쪽
말복과 입추 어름이었지 아마
칠불사 계곡 대궐 터 민박집 툇마루에 앉아
세한歲寒의 마당을 거닐며 추사를 만나고 있었지
드럼통 난로가 사람 온기 붉은 서정으로
한촌의 적막과 그리움의 책갈피를 넘길 때
노란 꽃술의 발자국 눈꽃이 피어났어
혜자보다 혜자 엄마의 사연은 인지상정일까
부뚜막에 앉아 부추전을 부치는 안주인의 등에
여름 나는 동안 겨울 그립고
겨울 나는 동안 여름 그립다는
서늘한 생의 사연이 따뜻하네그려

* 천승세의 소설 제목

액자 얼룩

팔 년 만에 이사를 간다
먼지 없는 세월이 어디 있나 싶어도
낡은 후라이팬 손잡이 같은
오십사 평방미터 오 층짜리 연립주택
벽에 생긴 액자 얼룩이 시리다
저건 분명 희로애락이 발효된 것
식구들이 뿌린 숨결의 기승전결과
사고四苦의 그림자를 스스로 익혔던 시간들
차오르는 눈물 냄새처럼
슬프고 아름다운 복종의 메아리다
몇 개 미지수가 섞인 방정식을 풀지 못한
내 생의 숟가락을 보는 것 같다

묵상보살默想菩薩

꽃만 보지 말고 잎도 거들떠 볼 일이다
비만 맞지 마시고 바람도 안아 들이실 일이다

오월 햇살에 환호작약하더라도
밤이면
달빛과 더불어 한 잔 차도 마실 일이다

날마다 스스로의 노동으로
한 뼘씩 아름다워지는
세상의 그림자를 위하여

동지섣달

동네 편의점 불빛에 최저임금이 하얗게 밤을 샌다
바다에서 산 쪽으로 몰아치는 짜디짠 염치廉恥를
이력서와 면접, 자기소개서에 던져버린 저 청춘
우루루, 저렇게 문풍지가 떨지 않아도
아랫목 이불 속 밥사발이 아버지를 기다리지 않아도
뚜우욱, 먼 산 참나무가지 부러지는 소리 들리지 않아도
동지섣달 한밤중인 걸 내사 알겠다만
밤나무 숲에서 부엉이가 우는 겨울밤의 허기
검은 별과 멍든 달이 우우우, 소 울음을 울고 가도
한 무더기 사람들이 낭떠러지를 만들고 있었다

■ 해설

천지를 품고 기르는 '그늘의 마음'

— 이월춘 시의 의미

김 경 복(문학평론가 · 경남대 교수)

기이하다. 나에게 오는 이런 떨림은 무엇인가? 이번 이월춘 시인의 시집을 읽어가다 한 편의 시 앞에 멈춰 갈 바를 모르고 맴돈다. '그늘의 마음'이라니! 도대체 그늘의 마음은 무엇을 말할까? 하나의 시 구절에 꽂혀 일어섰다 앉았다, 창밖을 내다봤다 방 안을 쳐다봤다 중얼대면서 이리저리 머리를 흔들어 봐도 의문이 풀리지 않는다. 한 편의 시가 나를 붙잡고 놓아주지 않는다. 나는 또 시마詩魔에 홀린 것인가.

시가 무심하게 흘러가는 일상 속의 나를 불현듯 이렇게 붙잡고 흔들어대는 것은 좋은 일일 것이다. 일상의 무미건조함을 깨뜨리고 내가 살아있음을 새롭게, 또 확연하게 느끼게 해주니 말이다. 시의 위대성은 바로 이와 같은 데에 있지 않을까. 사람을 접신 시켜 어질머리를 느끼게 하는 시마가 많은 시집이 그 점에서 좋은 시집일 것이다. 이월춘의 이번 시집 또한 나를 이렇게 홀려 애타게 하고 있다는 점에서 예사롭지 않다. 그 또한 시마에 붙잡혀 여러 날을 전전긍긍하며 썼기에 이런 시혼詩魂의 냄새를 흘리는 시를 쓸 수 있었을 것이다. 독자를 홀려 그들마저 며칠을 끙끙대게 할 이월춘의 시는 이렇다.

> 늙은 건축가는 설계할 때
> 집의 그림자까지 그려 넣는다고 한다
> 기쁨과 행복을 생각하기 전에
> 슬픔과 불행을 다독이는 마음이란다
> 그늘의 마음이란다
> 존재의 본의本意란다
>
> 오늘 만난 그의 그림자를 그려본다
>
> ―「사소함에 대하여」 전문

소품의 형식이다. 이 점을 염두에 두고 이 시를 본다면, 아마 시인은 깊은 사색 끝에 썼다기보다 촉망 중 어떤 계기에 번득이는 생각을 내지른 것으로 보인다. 즉 시인이 잠시 시마에 붙잡혀 쓰게 된 것으로 보이는 것이다. 짧은 시일수록 그렇게 볼 가능성이 크고, 그래서 해석은 보통 여러 갈래로 번져 쉬이 그 진의가 포착되지 않는 경우가 많다. 이 시가 바로 그런 경우일 것 같은데, 그래도 한 갈래로 해석해 보자면, 우선 이 시를 쓰게 된 계기는 "오늘 만난 그" 그것도 "그의 그림자"로 인해 발생한 것으로 보인다. 그림자는 빛의 이면이라 할 수 있다는 점에서 어두운 것, 쓸쓸한 것으로 해석해 볼 수 있고, 그것을 인간의 삶 속으로 넓혀 생각해보면 궁핍한 것, 고통스러운 것 등으로 해석해 볼 수 있다. 그렇게 본다면 시적 화자는 오늘 어떤 사람을 만났는데, 그의 빛나는 부분보다 어둡고 쓸쓸한 부분을 눈치채게 되었고, 거기에서 순간 어떤 쓸쓸하고 안타까운 감정이 들어 이를 밖으로 드러낸 것으로 풀이할 수 있다.

이를 시마에 붙잡힌 시인의 입장에서 본다면 그는 일상 속에서 한 지인의 쓸쓸한 이면에 대한 감지를 통해 어떤 감흥을 불러일으켰고, 이로 인해 언제 한번 보았던 '늙은 건축가의 설계'에 대한 이야기를 떠올리면서 그의 설계가 집의 그림자까지 고려한다는 것을 지인의 삶과 접맥시켜 생각하게 된 것 같다. 이 과정에서 이 늙은 건축가를 신과 같은 존재로 상상하게 되었고, 건축가가 집의 양면, 즉 빛과 그림자를 다 설계한 것처럼 그보다 초월적 존재인 신은 말할 것 없이 인간을 설계할 때에 인간의 밝은 면만 생각한 것이 아니라 쓸쓸한 그림자도 설계했을 것이라는 점을 떠올려 신의 영역인 "존재의 본의"란 말과 함께 '그늘의 마음'을 시인은 은연중에 표현하게 된 것으로 보인다. 다시 말해 이는 인간이 놓치기 쉬운, 즉 인간이라면 밝고 따뜻한 빛의 마음에만 신경을 써 존재의 본질적 측면으로서 음과 양의 양면성을 놓치기 쉬운 어리석음을 이월춘 시인은 그림자의 측면을 의미하는 '그늘의 마음'이란 말로 되살피게 하고 있다고 볼 수 있는 것이다.

이러한 해석을 더욱 타당성 있게 볼 수 있게 하는 것은 제목의 내용에 의해서다. 제목이 되고 있는 '사소함에 대하여'라는 것도 그 언어의 형식적 측면에서 보자면 무엇에 대하여 생각해본다는 의미를 함축하고 있고, 또 내용적 측면에서 보자면 이 사소함이라는 것도 소중함과 상대적인 차원에 놓여 있는 것으로, 깊이 궁리해보면 사소함이 전제되지 않았을 경우 소중함이 저 홀로 성립되지 않는다는 점에서 이 소중함을 성립시키는 토대로서 사소함이 오히려 더 가치 있는 것일지도 모른다는 인식을 내포하고 있다. 이는 마치 노자가 말한 '무용의 용無用之用' 즉, 쓸모없음이 전제되어야 쓸모있음이 비로소 나타나기 때문에 쓸모없음이 어쩌면 더 쓸모 있을 수 있다는 예화와 같은 맥락을 띠고 있다고 볼 수 있는 것이다. 이것은 빛이 있어야 그림자가 있다는 말이 실은 역으로 그림자가 있어야 빛이 성립한다는 뜻으로도 쓸 수 있다는 점에서, 역설적 진실의 현상을 드러내는 표현으로 해석할 수가 있는 것이다. 그 점에서 시인이 그림자와 관련된 '그늘의 마음'을 찰나의 순간에 내지른 것으로 말하더라도, 이 구절에 담겨있는 의미의 층위는 꽤 깊은 지층을 함축하고 있다고 보아야 할 것이다. 그것은 이월춘 시인의 삶 전체에서 우러나오는 철학적 사색이 한순간의 계기에 의해 고도의 농축된 산기酸氣로 흘러나온 경우로 볼 수 있기 때문이다.

그런 농밀한 한순간의 표현이라서 그 짤막한 시 구절의 앞에 놓이게 되었을 때 우리는 매우 심한 힘의 자장을 느끼게 된다. 다시 말해 마음에 침투해 들어오는 그 의미의 파장들로 인해 배회와 번민의 나날을 보내지 않을 수 없게 되는 것이다. 그것을 우리는 시마가 주는 미혹迷惑, 혹은 매혹魅惑이라 이름 불러도 좋을 것이다. 그렇게 마음을 정리하고 다시 이 구절을 보았을 때, 그러나 또다시, 미혹에 둘러싸이게 되는 것을 우리는 목도하게 된다. '그늘의 마음'은 "기쁨과 행복을 생각하기 전에/ 슬픔과 불행을 다독이는 마음"이라고 시인이 바라보고 있다는 점에서 우리로 하여금 빛의 상대편에 선 입장의 그것만을 표현한 것이 아니란 생각을 갖게 하기 때문이다. 즉 "슬픔과 불행을 다독이는 마음"을 그늘의 마음으로 본다면 이것은 '다독이는' 말의 의미상 한 입장을 벗어난, 보다 높은 차원의 상태를 가리키는 것임을 알게 된다. 그렇다면 '그늘의 마음'은 앞의 슬픔이나 불행을 가리키는 어둡고 쓸쓸한 마음의 뜻으로만 한정할 수 없다. 시인은 보다 더 높은 층위의 그 무엇을 '그늘의 마음'에 불어넣고 있다. 시는 빛과 그림자가 서로 섞여들면서 알 수 없는 빛의 물결로 어룽댄다. 여기서 시는 신비 그 자체로 머문다. '그늘의 마음'은 하나의 해석에 절대 그 자리를 내어주지 않고 역설에 역설의 기묘한 형상을 더하며 우리의 눈앞에서 흐느적거린다.

이 아득함과 묘함 앞에서 나는 헤맨다. 뭔가 풍부히

밀려오는 힘을 느끼지만 그 실체를 잡지는 못한다. 이 힘의 자장들을 내 삶의 바탕으로 만들어내는 것이 시를 진정으로 살게 하는 것일 터이지만 이는 쉽지가 않아 보인다. 그렇지만 이를 보다 잘 이루기 위해서는 그의 시가 그리는 삶, 그 내밀한 세계의 풍경 속으로 들어가 살아본다면 가능할 것이라는 생각이 들기도 한다. 이 생각 끝에 흔들려 피어나는 독자의 마음도 이때에는 애련한 하나의 꽃이라 부를 수 있지 않을까? 그 점에서 이월춘 시인의 시는 우리를 이 매혹의 한가운데로 불러내고 있다. 하여 그의 시를 보다 잘 이해하고자 하는 사람이라면 그의 이번 시집이 그리고 있는 풍경의 한가운데로 걸어 들어가 또 하나의 삶을 살아볼 일이다.

생의 이슥함과 자기정련

어떤 한 시인의 시적 세계를 이해하는 첫 실마리는 그의 현재적 삶을 표현한 시적 언명에서 찾을 수 있다. 그 언명 속에는 그가 현재의 삶을 바라보는 태도와 미래에 대한 지향 등이 다 녹아들어 있기 때문이다. 이러한 것들을 찾을 수 있다면 시인의 삶과 관련된 시적 의미 맥락을 구성해 낼 수 있다. 이번 시집에서도 현재적 삶에 대한 태도와 그가 추구하는 삶의 방향에 대한 희망을 피력한 시들이 간간이 눈에 띈다. 그러한 시 중의 대표적인 작품이 다음과 같다.

돌이킬 수 없는 시간이 강을 건너가고 있네
산 너머 세상의 언어는 사전 속에 묻어 두고
굳어버린 어깨를 흔들며 강둑의 푸른 마음을 따라가기로 하였네
가지지 못하거나 할 수 없는 일에 연연하는 동안
너는 여태까지 뜨거운 눈물 흘려 본 적 있나
갈 길이 얼마나 남았는지 살피다가
지금까지 얼마나 왔나 돌아보지 못해
너무 늦게 차를 세운 게 아닌가 후회도 하지만
무엇이 내게 하늘 한 자락 허락하지 않았는지
잘못 앉은 내 삶의 여독이
다른 이에게 널리 퍼지지는 않았는지
깊은 절망의 강을 건너
저렸던 온몸을 부르르 한번 떨면
슬픈 노래도 행복한 귀로 들을 수 있는 나이가 되었네
쉽게 흔들리는 풀잎도 생명인 까닭을 알게 되고
제 스스로 뿌리를 내리고
하늘과 땅의 말씀을 받아들이는 겸손에
슬픔이 뭔지 알 때쯤이었네
이기지 않으면서 지지 않는 법을 가르치는 강물의 굽이들이
반짝반짝 빛나면서 내 등을 두드렸네
알맞게 찰랑이는 강물 저 너머가 벌써 환해지고 있었네

–「물굽이에 차를 세우고」 전문

이 시는 무엇보다 현재적 삶에 대한 반성과 자의식에 의미의 초점을 두고 있다. 시적 화자는 현재 "돌이킬 수 없는 시간이 강을 건너가고 있"는 것을 바라봄으로써 문득 "너무 늦게 차를 세운 게 아닌가 후회도 하"면서, "너는 여태까지 뜨거운 눈물 흘려 본 적 있나"라 거나, "잘못 앉은 내 삶의 여독이/ 다른 이에게 널리 퍼지지는 않았는지"의 자세로 제 삶의 흠결에 대해 반성하고 있다. 이러한 후회와 반성은 이 시 구절들을 통해서 볼 때 시간의 경과에 의해 발생한다. 즉 "슬픈 노래도 행복한 귀로 들을 수 있는 나이가 되었네"라는 언명을 두고 볼 때 자못 이슥한 나이가 되므로 인해 현재적 삶의 과정과 그 결과에 대해 되돌아보고 반성하게 된다는 것이다. 이를 통해 시적 화자는 궁극적으로 "하늘과 땅의 말씀을 받아들이는 겸손"과 "슬픔이 뭔지 알"게 되는, 즉 "이기지 않으면서 지지 않는 법을 가르치는 강물의 굽이"를 통해 생의 진실과 성숙을 터득하고 있다. 그런 점에서 이 시는 생의 이슥함에 도달한 시적 화자가 자의식과 반성을 통해 현실적 삶에서 얻게 되는 깨달음을 노래하고 있는 작품이라 할 수 있다.

이런 시는 어느 정도 생을 경험해보지 않은 사람은 쓸 수 없다는 점에서 생의 이슥함이 시적 완결성을 결정짓는 요소가 된다. 실제 이월춘 시인의 나이는 아마 시 속의 표현에 암시되어 있듯, 즉 "슬픈 노래도 행복한 귀로 들을 수 있는 나이"의 의미에서 찾아볼 수 있듯 '이순(耳順)'의 나이에 이른 상태라고 보인다. 공자가 60의 나이를 '이순'으로 표현하고, 이를 천지만물에 통달하게 되면서 모든 것을 귀로 듣는 대로 이해하게 되었음을 가리켰을 때, 이월춘 시인이 표현하고 있는 위 내용이야말로 공자의 이순의 의미와 아주 부합된다고 할 수 있다. 이는 결국 이월춘도 나이가 지긋해짐에 따라, 즉 '지천명知天命'이라는 50을 넘기면서 천명을 알고 세상 이치를 터득하여 모든 것에 순리대로 살아갈 것을 염원해 왔고 현재 이를 실천하고자 하는 의지 내지 자각의 표현이다.

이는 그가 다른 시에서 표현하고 있는 것을 통해서도 알 수 있다. 가령 "나이 들면서 더 아름다워지라고/ 사람도 새도 바람도 안아 들이라고/ 그리하여 생의 지혜를 담으라고/ 아버지는/ 함석지붕 삽짝 옆에 /학자수學者樹 한 그루를 심으셨다// 내 삶에 공란이 너무 많다"(「학자수學者樹」)에서 볼 수 있듯이 이 표현들은 비록 아버지의 염원으로 나타나고 있지만, 그 스스로 나이 들면 좀 더 아름다워지고, 모든 것을 안아 들이고, 더 나아가 지혜로워지기를 원하고 있음을 보여주고 있다. 거기에 더해 이 시도 현재적 삶에 대한 한 반성의 차원으로 "내 삶에 공란이 너무 많다"는 자의식을 가짐으로써 더욱 인간적 성숙도를 보여주고 있다. 이는 시인의 제 생에 대한 성찰적 인식과 그 지향적 의식이 만만치 않음을 보여주는 것에 해당한다.

이러한 제 삶에 대한 반성과 보다 나은 삶에 대한 지향은 현실적 삶 속의 세속적 욕망을 줄이고 이념적 지향성을 보이는 방향으로 시적 지표를 세우게 한다. 이번 이월춘 시에서 꽤 많이 보이는 다음과 같은 자기 욕망의 절제나 조탁의 표현들은 모두 이러한 시적 지향의 일환이며, 그의 정신적 궤적을 잘 보여주는 내용들인 것이다.

도시에 하나뿐인 정암사 옆 목공소에서
늙은 목수가 대패질을 한다
무념무상의 대패질로 바닥에 수북한 대팻밥
깎은 만큼 널판은 안성맞춤이 된다
덜어내야 채워진다는 주지스님의 말씀이
이제사 마음속에 들어오신다

나도 깎아야지 마음의 군더더기와 헛말들
깎고 또 깎아낸 언어의 대팻밥
깎고 들어내고 떼어내면 온전한 시 한 편
내 속에 찾아오실까

–「대팻밥」 전문

살면서 잘라야 할 게 머리카락뿐이랴
손톱 발톱도 잘라야 하고
철종 임금 때 육조의 이방 수염도 잘라야 하고
뫼등에 자라는 아버지의 꾸중도 잘라야 하고

그뿐 아니다
시도 때도 없이 자라는
마음속 그것도 잘라야 한다

–「벌초」 전문

이 두 편의 시는 생의 원숙함에 이르는 도정에 장애가 되는 것들을 자각하고 이를 제 스스로 덜어내고자 하는 의지의 표출을 담고 있다. 우선 「대팻밥」에서 시적 화자는 "깎은 만큼 널판은 안성맞춤이 되"는 현상을 봄으로써 이로 인해 "덜어내야 채워진다는 주지스님의 말씀이/ 이제사 마음속에 들어오"게 되는 생의 한 진실을 깨닫는다. 그래서 자신의 완성을 위해서 "나도 깎아야지 마음의 군더더기와 헛말들"이라는 의지적 선언을 한다. 「벌초」에서도 이는 마찬가지다. "살면서 잘라야 할 게 머리카락뿐이랴"하는 언명은 벌써 세속적 욕망을 자르고 덜어내야 함을 암시하고 있다. 즉 "시도 때도 없이 자라는/ 마음속 그것도 잘라야 한다"에서 마음속의 어리석음, 그것이 구체적으로 무엇인지는 딱히 적시해놓지는 않았지만 욕망과 번뇌로 인해 발생하는 생의 무지몽매함을 가리킨다고 전제할 때, 시적 화자는 생의 완성을 위해 가는 길에 방해가 되는 것들을 아주 과감히 잘라내야 한다고 다짐하고 있는 것이다.

이러한 표현들을 두고 볼 때 시인은 삶의 진전과 함께 정신적 완성도를 높이고자 한다는 것을 우리는 너끈히 짐작할 수 있다. 즉 나이 들수록 세속적 미망迷妄을 덜어내고 깎아내 보다 현명하고 완전한 존재자가 되고 싶다는 열망을 드러내고 있는 것이다. 그 완성된 존재의 표지로 시의 완성, 즉 "깎고 들어내고 떼어내면 온전한 시 한 편/ 내 속에 찾아오실까"의 염원은 시인으로서 가지게 되는 생의 특수성이다. 아니 완성된 시인적 삶의 특수성이야말로 모든 인간이 추구해야 할 삶의 전범임을 시인은 말하고 있는 셈이다. 왜냐하면 완전한 시인이야말로 모든 인간 중의 인간이며, 하늘과 대지를 아우르는 초인적 존재라 볼 수 있기 때문이다.

아무튼 우리는 이러한 삶에 이르기 위해 가지는 이와 같은 태도를 자기정련自己精鍊이라 불러도 좋을 것이다. 승부 중에서도 자기를 이기는 것이 가장 어렵고, 세상을 변혁하는 첫걸음도 자기변혁, 즉 극기 속에 온다는 점을 이해하게 된다면 이월춘의 시인의 이러한 자기정련의 다짐과 각오는 그만의 정화와 변혁에 그치지 않을 것이다. 이는 자기 변혁을 통해 세계 변혁의 단초를 여는 길이라 하지 않을 수 없다. 그리하여 그가 진정으로 자기정련의 달성을 염원하는 이념적 형상으로 "그나저나 세속과 오욕汚辱 따위 아랑곳없다는 듯/ 저렇게 낮게 살아도 홀로 높은 정신/ 네 작명 따위, 바람소리꽃이면 또 어때/ 더 이상 신神도 어쩌지 못하는/ 천상천하 아름다운 유아독존唯我獨尊의 그 이름"(「선비꽃」)과 같은 것을 불러낼 때, 그것은 바로 자기정화이자 사회정화임을 우리는 분명하게 알게 된다. 이 시에서 말하는 '낮은 곳에서 높은 정신'을 갖는 것은 바로 사회적 현실로 볼 때 세속적 욕망에 굴하지 아니하고 불의에 타협하지 않으면서 도덕적 철학적 가치로 고고한 존재, 즉 진정한 유교정신의 표상으로서 '선비'가 될 것임을 함의하고 있기 때문이다.

그 점에서 시인은 이러한 정신에 이르지 않는 일상적이고 나태한 자신의 삶에 대해서는 스스로 가혹한 비판과 질책의 칼날을 들이대지 않을 수 없을 것이다. 가령 자신의 늘어진 삶의 행태에 대해 "세월 따라 누덕누덕 염결廉潔과 우매愚昧를 넘나드는/ 곱셈의 논리를 버리고/ 늘어진 정신의 정수리를 한참 맞고 싶다/ 깊고 넓은 말씀의 질타叱咤를 받고 싶다"(「작달비」)는 엄정한 표현은 모든 자연의 현상을 하나의 자신의 부덕함과 어리석음을 깨우치는 진리의 죽비로 인식하고 있다는 뜻이라 할 수 있다. 이월춘 시인의 시심과 그에 따른 자의식은 항상 무른 스스로에게 날 서 있다고 말해도 무방하다. 곧 그러한 정신적 자세가 생의 염결성과 지고성으로 그의 삶을 이끌게 된다는 의미인 것이다. 그에 따라 이 이념적 지향이 바로 이월춘 시인의 현재적 삶의 모습을 추동하는 원동력이자 그가 추구하는 시적 윤리와 덕목이 어떠한 형상성으로 나타날 수밖에 없는지를 알게 하는 좌표가 되는 셈이다.

안분지족과 일상의 성화聖化

욕망을 깎아내고 덜어내는 것은 최소한의 욕망으로 살아간다는 뜻이라 할 수 있다. 그것은 최근의 화두가 되고 있는 '자발적 가난'이나 '생태적 삶'의 모습으로 설명될 수 있는 것으로서 친자연적이고 생명적 삶의 형태를 가리킨다. 이미 시인 이월춘은 앞의 시들에서 이러한 삶의 정신을 추구한 만큼 이와 같은 삶의 형태는 그의 시적 형상 속에서 자연스럽게 펼쳐진다. 주어진 현실에 만족하고 인간 자신마저 자연의 일부가 되게 함으로써, 삶의 진정성과 함께 자연미의 감정을 불러일으키는 모습이 이에 해당한다. 실제 이번 시집에 실려 있는 다음의 시들은 이러한 시적 지향을 잘 보여주는 사례로 들 수 있다.

삶이 이토록 맵디맵고 짜디짠 까닭은 무어냐며
가을바다의 옆구리를 저며 접시에 담는다
따진다고 울고 분다고 답을 줄까
마음이 가난한 사람들은
술잔에서도 물살 가르는 지느러미를 본다는데
까짓것 반풍수 청맹과니로 살았다고
세상 어찌 되는 것도 아닐 테니
수평선 너머 낮게 웅크린 낮달 설핏 기울 때
소주 한 잔에 등 푸른 추억을 떠올리면

천만 근의 근심도 썰물이 되어 흐르고
간당이는 세월의 뼈를 발라
하염없는 파도의 말씀을 속으로 들이면
바람결에도 소식 없는 그대
시루봉과 천자봉 무사기원 안부에
식탁 위의 비린내도 달디달다
덕德전어면 어떻고 떡전어면 어떻노
네가 있고 내가 있으니
추남秋男이 되고 추녀秋女가 되는 기쁨에
걸어 잠근 마음의 곳간을 허물고
일렁이는 가을의 여유 반갑잖느냐

―「진해덕전어鎭海德錢魚」 전문

가끔 생의 목적이 아득하거나
내가 하는 일은 정말 아름다운가
나는, 이건, 뭐지 싶을 때
아버지도 몰라보는 별이 뜬다
가늘게 눈을 뜨고 깜빡거리는 찰나여
헛것의 울타리에 갇힌 사랑이여
살아도 또 살아도 내가 낯설거든
살신殺身이니 사즉생死則生 같은 언어 바라지도 않아
철썩이는 욕망을 접고 물의 메아리를 만나
하늘이 오거든 받아 안아보라
없는 그대와 마주 앉아 마시는
이 뜨거운 고요
이 쓸쓸한 기쁨의 의지까지

삶이 나를 속이다니
가당키나 한가

－「낮술」 전문

참 푸근하고 솔직담백한 면모를 보인다는 점에서 맛으로 치자면 구수한 시에 해당하는 작품이다. 이 두 편의 시는 앞에서 보았던 시인의 정신적 엄정성이 일상적 현실 속의 삶에 훼손되지 않는 상태로 정착될 때의 모습이다. 즉 안분지족安分知足이라는 도덕적 염결성이 미학적 형상성을 통해 생의 진정성과 아름다움으로 동시에 살아나고 있는 모습인 것이다. 그것은 우선 「진해덕전어」의 "수평선 너머 낮게 웅크린 낮달 설핏 기울 때/ 소주 한 잔에 등 푸른 추억을 떠올리면/ 천만 근의 근심도 썰물이 되어 흐르"는 표현에서 볼 수 있는 생의 소박함에서 발견할 수 있다. 소주 한 잔으로 등 푸른 추억을 떠올려 삶의 위안을 얻고 이로 인해 천만 근의 근심을 덜어낼 수 있게 되는 것은 앞에서 보았던 생의 과도한 욕망을 깎아내고 덜어내는 행위와 다를 바 없는 것이다. 그에 따라 "덕德전어면 어떻고 떡전어면 어떻노/ 네가 있고 내가 있으니/ 추남秋男이 되고 추녀秋女가 되는 기쁨에/ 걸어 잠근 마음의 곳간을 허물고/ 일렁이는 가을의 여유 반갑잖느냐" 식의 마음의 여유와 자족을 맛보게 된다. 이것은 자연스러운 삶의 형태를 취하는 것인 만큼 자연미도 물씬 풍기는 것으로 볼 수 있다.

「낮술」에서도 이 점은 마찬가지다. 이 시에서 시적 화자는 "살신殺身이니 사즉생死則生 같은 언어 바라지도 않아/ 철썩이는 욕망을 접고 물의 메아리를 만나/ 하늘이 오거든 받아 안아보라"면서 소박한 삶의 형태를 염원하고 있다. 그 소박한 삶의 형태는 "없는 그대와 마주 앉아 마시는/ 이 뜨거운 고요/ 이 쓸쓸한 기쁨의 의지가지"로서 낮술로 대변되는 안분지족의 자세다. 비록 수사적 차원에서 술 마시는 순간을 역설적 형식으로 '뜨거운 고요'로 표현하고 있지만, 이것 또한 일상적 삶의 한 내용이 얼마나 소중할 수 있는가를 암시한다는 점에서 족함에 대한 인식의 표현으로 볼 수 있다. 때문에 이러한 시적 화자에게 "삶이 나를 속이다니/ 가당키나 한가"하는 식으로 자신을 속일 만한 큰일은 없음을 밝히는 것은 너무나 자연스런 삶의 방식이자 미적 태도다.

이 두 편의 시는 삶에 만족하며 분수를 지키는 것이 삶의 진정이자 행복임을 말하고 있다. 그렇게 말하는 시적 화자의 태도와 어조에서 우리는 서민다운 인정과 자연스러움이 주는 아름다움을 맛보게 된다. 이러한 시적 언명은 정신적 평화와 안식을 획득한다는 점에서 자기정련의 과정이나 그 결과로 얻어지는 성질을 말한다. 그 점에서 이러한 시들은 분수에 맞게 사는 것이야말로 자기 삶의 구원이자 동시대적 사람들의 구원도 될 수 있음을 암시하는 제언이라 하겠다.

따라서 술로 생의 소박함을 강조하는 「보리누름에 웅

어회」라는 시에서 시적 화자가 "오래도록 지우지 못했던 그늘/ 우리가 만들어두고 떠났던 그늘맛이 되었을까"의 생의 그늘을 담백하게 바라보면서 "이 사람아, 한잔 드세나"로 생의 고달픔을 털어버릴 수 있게 되는 것은 이와 같은 안분지족의 자세에서 얻어지는 삶의 지혜를 드러낸 것이다. 따라서 이러한 안분지족으로 바라보는 삶은 그야말로 자신의 위치에서 볼 때 고맙고 의미 있는 것들로 가득 차 있다고 할 수 있다. 즉 세계는 내 자신에 비해 너무 가치있는 것들로 가득 차 황송하기 그지없는 상태로 승화되어 나타난다. 일상 속에서 세계는 성스러운 모습으로 현현하기 마련인데, 다음과 같은 시들이 바로 이를 잘 보여준다.

> 늙은 감나무 한 그루
> 말없이 내 마음에 들어오신다
> 늦가을 바람에 멱살을 잡힌 가지들이
> 세상의 눈보라를 붙들고 우는데
> 뜨거운 강물 한 사발 들이킨 산 그림자는
> 당신의 배꼽 근처에 앉아
> 저녁연기의 노을 낙서를 읽고 있다
> 천자문을 베껴 쓰듯이 아버지
> 아버지의 삼베적삼을 부르고 부르다보면
> 푸른 욕망이 붉은 하루가 되어
> 잎 진 자리마다 말씀으로 돋아 상처를 핥을 터
> 서둘러 사라지는 햇살의 옆구리가 시리다

―「감나무 맹자」 전문

태양이 하루의 문을 닫을 즈음
저녁연기 말아 올리는 국수 한 그릇
왕대포 한 잔에 닫힌 마음이 문을 열고
김치 한 보시기에 헛기침이 절로 나와
경건한 아침을 위해 밤안개 내려오시고
세상 가장 푸짐한 저녁상에 일 배杯
또 일 배拜

―「국수 한 그릇」 전문

소박하고 엄정한 정신의 소유자에게 세계는 자신의 부덕함을 꾸짖거나 새로운 진리를 터득게 하는 성스러운 도량이 된다. 「감나무 맹자」에서 "늙은 감나무 한 그루/ 말없이 내 마음에 들어오시"는 것 자체가 대상의 성화聖化 현상이다. 시인은 이에 더 나아가 이 늙은 감나무가 늦가을 저물 무렵의 "뜨거운 강물 한 사발 들이킨 산그림자"로 대변되는 유정함과 "서둘러 사라지는 햇살의 옆구리가 시리다"로 대변되는 무상함을 모두 깨닫게 해주는 존재로 제시하고 있다. 그 점에서 늙은 감나무에게 '맹자'라는 성인의 칭호를 부여하는 것은 시인의 입장에서 볼 때 너무나 당연한 일인지 모른다. 이 시를 통해 시인은 세계는 성스러운 것들로 가득 차 있고, 그 성스러운 세계가 우리 일상적 욕망이 얼마나 비루하고 덧없는 것인지를 깨닫게 해주고 있다고 보고 있는 것이다.

「국수 한 그릇」에 나타난 시적 화자의 태도도 이 점은 마찬가지다. 시에서 국수 한 그릇은 "저녁연기 말아 올리"고, "세상 가장 푸짐한 저녁상"을 만들어 주는 존재로 등장한다. 그 말은 비록 먹는 것이지만 세계를 구성하는 국수 한 그릇도 세상의 이치에 따라 생성되고 형상을 갖추고 있기 때문에 가장 소중한 시간의 담지자일 수가 있다는 것이다. 때문에 이 성스러운 존재에 대해 시적 화자도 경건한 마음의 표현으로서 "일 배拜" 즉, 절을 올리지 않을 수 없다고 말한다. 이는 우리 인간의 가치로 볼 때 하찮고 사소한 것들이지만 결국 세계를 구성하는 성스러운 존재들이기 때문에 아름답고 가치 있는 대상으로서 경배하지 않을 수 없다는 것을 가리킨다.

그런 점에서 가령 "허수룩 농막 지붕 위에/ 사부작사부작 기어올라 앉으신/ 미륵사 보살 두 분/ 붉누른 저 미소 살갑지 않으신가"(「추분호박」)라는 표현이나, "마음의 남루를/ 저녁 식탁에 걸치고 앉는데/ 김치찌개가 묻는다/ 밥값은 하셨는가/ 남의 밥 뺏어 먹지는 않으셨는가/ 파김치도 한 말씀 하신다/ 밥숟가락 참 무겁다"(「숟가락의 무게」)의 표현 등은 일상 속의 성스러움이 어떻게 자신의 삶을 단련시키며 어떻게 생명적 가치를 지닌 세계와 조화하며 살아갈지 고민하는 것을 잘 보여주는 내용이라 하겠다. 추분호박을 "미륵사 보살 두 분"에 빗대는 것은 자연의 성스러움을 통해 인간중심적 가치에 대한 반성의 기회를 제공하면서 생태주의적 삶의 필요성을 깨닫게 하고 있다. 「숟가락의 무게」에서 김치찌개와 파김치가 묻고 있는 "밥값은 하셨는가/ 남의 밥 뺏어 먹지는 않으셨는가"의 내용은 일상의 성화가 어떻게 자신의 삶에 대한 염결성과 관련 맺게 되는지를 보여주면서 이것이 자신만의 정화가 아니라 어떻게 사회적 정화로 연결될 수 있는지를 보여준다. 그 점에서 이월춘 시인은 일상적 현실에 대한 반성과 자연적 사물의 성화를 통해 우리 시대의 진정한 가치가 무엇이며, 그에 따라 어떻게 살아가야 할지를 탐색하고 있다고 할 것이다.

피안세계의 추구와 천지를 품는 마음

아무리 그럴듯하게 마음을 다잡고 자연적 사물에 성스러운 의미를 부여해도 일상적 현실은 초라하기 그지없는 것이 생의 진실이다. 시에서 감동을 주는 부분은 엄정한 정신을 노래하고 있는 것보다 오히려 현실적 삶의 한계에 아파하고 고뇌하는 모습에 더 초점이 놓여있다. 그것이 더 인간적이고 우리의 일상적 현실을 살아가는 사람들에게 공감을 많이 주기 때문이다. 이월춘 시인의 이번 시집에서도 이러한 점은 여실히 드러난다. 그의 시적 지향은 뚜렷하지만 거기에 쉬이 이를 수 없는 고통을 표현함으로써 더욱 문제적인 시가 되는 작품들이 더러 눈에 띈다. 가령 다음과 같은 시들이 그런 경우일 것이다.

아직도 고도는 오지 않았다
사무엘 베케트가 죽은 지 서른 해가 지났는데
임영웅이 마흔다섯 해를 기다렸다는데
아직도 오지 않는 고도를 믿고
그대와 나는 무엇으로 스스로를 추스리나

〈중략〉

시간을 감지하는 마음으로
고도를 기다린다 사람아 사람아

－「고도」 부분

지금 흔들리는 것은 가을 강물의 외로움
여름내 가라앉은 푸른 이파리의 몸짓인데
들끓는 욕망 저 건너편에 늙은 버드나무 한 그루
밤새 생의 그물을 짜던 캄캄한 시간이 떠오른다
이제 겨울이 산모롱이를 돌고 있을 것이다
바람에 제 몸을 내줄 줄도 알고
철부지들의 돌팔매에도 빙긋 웃어주겠지
같잖다
내 아득바득 붙잡고 건너온 것이
잎 다 진 버드나무 가지 하나였다니

－「강가 늙은 버드나무」 전문

기다림의 고통과 무상한 삶에 대한 통한이 위 두 편의 시에 아로새겨져 나타난다. 새뮤얼 베케트의 「고도」라는 작품명을 그대로 시 제목으로 가져오는 이 작품은 오지 않는 희망을 기다리는 마음의 고통을 표현하고 있다. 특히 현재적 삶의 방식 문제로 "아직도 오지 않는 고도를 믿고/ 그대와 나는 무엇으로 스스로를 추스리나"하는 자문과 탄식은 처연한 느낌을 준다. 시적 화자의 입장에서는 그 희망을 기다리기엔 우리의 삶이 너무 누추하고 비루하기에 그 무엇으로도 기다리게 할 힘을 주지 못하는 것으로 말하고 있다. 때문에 "시간을 감지하는 마음으로/ 고도를 기다린다 사람아 사람아"라며 오지 않는 희망에 대해 깊은 탄식과 회한의 목소리를 풀어놓는다.

「강가 늙은 버드나무」의 시는 이 경우로 볼 땐 그 슬픔의 정도가 더 하다. 왜냐하면 "같잖다/ 내 아득바득 붙잡고 건너온 것이/ 잎 다 진 버드나무 가지 하나였다니"라며 토하는 탄식 속에는 깊은 자조와 환멸의 감정까지 스며들어 있기 때문이다. 세월의 흐름과 부침을 의미하는 강물과 그 강물 곁의 늙은 버드나무는 바로 이번 생의 파란만장한 역정과 그 속을 살았던 시적 화자를 상징한다. 비록 그 나무가 안분지족과 정신의 엄정성으로 가끔 "바람에 제 몸을 내줄 줄도 알고/ 철부지들의 돌팔매에도 빙긋 웃어주겠지"라는 달관과 생의 여유를 얻는 모습도 보이긴 하지만, 어쩔거나, 생의 진실은 무상하고 무심하여 쓴 자조의 탄식만이 남을 수밖에 없음을 이 시의 시적 화자는 한 마디로 '같잖다'로 일갈하고 있는 것이다. 어떻게 보면 깊은 허무와 염세에 빠져드는 듯도 싶다.

그러나 이 두 편의 시에서 발견할 수 있는 사실은 이 현재적 삶이 비루하고 무상하여 아무 즐거움이나 희망을 보여주지 않는다 하여도 "시간을 감지하는 마음으로/ 고도를 기다린다"에서 볼 수 있듯 기다림에 대한 시적 화자의 의지, 그것도 본능에 가까운 의지가 있다는 점이다. 그것은 집요한 의지이자 시인의 간절한 염원이다. 그렇기 때문에 그의 시 도처에서 "마음이 마른 사람들에게 백매, 홍매 피었다고 봄이 온 건 아닐 테지만 내 생의 청매는 언제쯤 필까."(「삼봉산 달빛에 묻다」)라고 그의 삶에 청매 피는 봄을 기다리고 있다거나, "모두가 떠나간 이 거리/ 계절이 한 계절을 닫고 고개를 넘어갈 때/ 어디선가 또 다른 떨림이/ 나를 부르고 있을 것이다"(「가을 소묘」)에서 볼 수 있듯 '또 다른 떨림'이 오기를 본능적으로 갈구하고 있는 것이다.

이런 미래적 희망에 대한 간절한 바람은 삶 그 자체를 초월적 형식에 기대게 된다. 즉 현실의 고난과 궁핍을 끌어안고 그것을 뛰어넘을 수 있는 피안의 세계를 꿈꾸게 하는 것이다. 이 피안의 세계를 꿈꾸는 시들의 아름다움은 그 피안의 세계가 주는 형상의 아름다움보다 그 피안의 세계로 가고자 하는 인간의 애틋하고 열렬한 마음에서 발생한다. 다음 시가 바로 그런 경우가 아닐까.

칠백 리를 걸으며 옷도 신발도 다 벗어준
민물과 갱물이 손을 내밀어 만난다
묽은 물 떼가 검푸른 물 떼 사이로 흐르며
마음의 길을 만들면 다시
마음의 그릇으로 그걸 오롯이 담아 안는데
달빛을 거슬러 올라 새끼를 품는 숭어 떼와 웅어 떼
집착의 질긴 밧줄을 잘라 버리고
욕심의 바가지를 깨트려버리고
어머니처럼 모두를 안아 들이는 낙동강 하구언
뻣뻣한 그대 마음과
딱딱한 내 고집의 등을 두드리며
오늘도 흐르는 저 민물과 갱물
비로소 강둑 너머로 달이 뜬다

―「낙동강 물끝」 전문

이 시의 시적 화자는 삶의 그 모든 번뇌라 할 수 있는 것이 그치는 곳을 염원하고 있다. 예를 들어 이 시에서 제시하고 있는 '낙동강 하구언'은 "집착의 질긴 밧줄을 잘라 버리고/ 욕심의 바가지를 깨트려버리고" 난 뒤 도착한 곳으로 "어머니처럼 모두를 안아들이는" 평화와 안식의 공간이다. 더욱이 그곳은 "달빛을 거슬러 올라 새끼를 품는 숭어떼와 웅어떼"가 뛰노는 생명의 공간으로서 "뻣뻣한 그대 마음과/ 딱딱한 내 고집의 등을 두드리"

어 화해의 가락이 넘치는 장소다. 인간적 삶의 형태로 볼 때 이상향과 같은 의미를 형성하고 있다.

그곳이 더욱 피안의 세계가 되는 까닭은 "비로소 강둑 너머로 달이 뜬다"라는 표현에서 볼 수 있듯이, '둑 너머(피안)의 달빛'으로 상징된 밝음과 평화로움의 장소의 본질로 주어지고 있기 때문이다. 그리하여 이곳은 '민물과 갱물'이 만나 하나가 되는 곳, 화해와 생명의 약동이 있는 곳으로서 유토피아적 공간이 되는 셈이다. 이월춘의 시 몇 편에 이러한 피안의 희망을 암시하는 표현이 보인다. 가령 「남강유등」에서 "둑 너머 하늘이 환하게 밝아온다"라고 하거나, 이미 앞에서 본 바 있는 「물굽이에 차를 세우고」에서도 "알맞게 찰랑이는 강물 저 너머가 벌써 환해지고 있었네"라고 그 형상과 그 의미를 노래하고 있는 것이 그 예에 해당한다. 이것들은 모두 시인이 현실적 삶의 고단함을 인정하고 그것을 극복하는 차원에서 현실적 고통을 포용해 초월해 가고자 하는 마음의 현현이다. 모든 고통스러운 중생을 감싸 안고 극락으로 넘어가고자 하는 대자대비大慈大悲의 마음을 상징하는 것이라 할 수 있다. 실제 이들 시의 특징이 달빛이 은은하게 강물 위로 그 환하고 따듯한 속성을 드러내는 데에 있다고 본다면, 이는 부처님의 은혜가 두루 편재하고 있다는 '월인천강月印千江'의 전통적 표현과 관련지어 그런 마음으로 생각해볼 수 있는 것이다.

여기에 이르러 우리는 다시 '그늘의 마음'을 떠올려 볼 수 있다. 이월춘 시인이 생각하는 그늘의 마음은 현실적 고통과 슬픔을 감싸 안아 다독이면서 희망의 원리를 제시함으로써 생명적 활기를 북돋우는 것으로 볼 수 있는 것이다. 그 점에서 이월춘 시인에게 그림자는 단지 어두운 대상이 아니다. 이미 다른 시에서 "날마다 스스로의 노동으로/ 한 뼘씩 아름다워지는/ 세상의 그림자를 위하여"(「묵상보살默想菩薩」)라는 말을 두고 볼 때 그림자, 즉 그늘의 형상이야말로 앞으로 더욱 아름다워질 수 있는 가능성의 상태다. 그 점에서 그림자는 비루와 신성, 추함과 아름다움, 선함과 악함을 두루 가진 형상이 된다. 그에 따라 그늘의 마음은 바로 존재의 모든 것을 포용하는 본의로서 천지의 생명을 품고 기르는 근원의 마음, 비유하자면 천지를 안아 기르는 강물과 대지의 마음이 되는 것이다.

그런 점에서 이월춘의 이번 시집에 나타난 시적 지향은 참으로 심원하다 하지 않을 수 없다. 우리의 일상 속에 성이 깃들여 있음을 저와 같은 근원적이고 신비한 마음의 상태로 풀어냄으로써 우리 시대의 구원의 문제를 다루고 있기 때문이다. 즉 그늘의 마음이라는 것이 결국 혼을 구원하기 위한 점이라는 것을 긍정한다면 시인은 오늘의 물질화되고 타락해버린 우리들의 혼을 구원하기 위해 정신의 엄정과 일상의 성화를 통해 진정한 생명적 가치와 삶의 의미가 어디에 있는가를 알려준 것이라 할 수 있다. 그 작업은 인간 존재론적 측면에서 바라볼 때도 죽음을 이겨내고자 하는 인간의 간절한 염원을 표현한 것이기에 가치 있다 할 것이고, 사회역사적 측면에서 바라볼 때에도 오늘의 생명 경시와 생태위기의 현실을 근원적으로 타개하는 사상을 담고 있다는 점에서 가치 있다 할 것이다. 이러한 점이 이월춘 시인의 다음 시편들을 기다리게 하는 이유가 된다. 그 점에서 그의 지속적인 건필을 빈다.